ERNEST RAYNAUD

Chairs profanes

PARIS
LÉON VANIER, LIBRAIRE-ÉDITEUR,
19, QUAI SAINT-MICHEL, 19

1888

A M. Alfred Vallette
bien cordialement
Ernest-Raynaud.

CHAIRS PROFANES

DU MÊME AUTEUR

CHEZ LE MÊME ÉDITEUR

LE SIGNE, plaquette de vers . . . . 1 »

ERNEST RAYNAUD

Chairs profanes

PARIS

LÉON VANIER, LIBRAIRE-ÉDITEUR,

19, QUAI SAINT-MICHEL, 19

1888

SONNET LIMINAIRE

Le soir d'été retient en adoration
Mille oiseaux bleus, charmants et fiers comme des vices,
Cependant que s'opère en moi la fusion
D'Aphrodite et d'Hermès avec que de délices !

Le jeune Ange du lieu me jette un œil propice,
Et je célèbre la messe de Passion,
En attendant au ciel magique de Sion,
La lune qui doit agréer le Sacrifice.

Des lampyres par l'herbe éveillent sous mes pas
Des clartés que l'Etoile angélique n'a pas ;
Et tout un pan de ciel adorable s'incline

Vers la masse fleurie et sombre des halliers,
Où je vois, aux accents de la Flûte apriline,
Les Sexes s'irruer comme autant de béliers.

IDYLLES

A Henry Gauthier Villars

I

Après l'échange des caresses, tous les deux
Se sont endormis là, dans les avoines folles,
Leur lèvre, frêle fleur d'amour, ouverte aux molles
Tiédeurs qu'épanche un ciel adorable autour d'eux.

Tout se tait ; seuls, au loin dans les pâtis herbeux,
Où les coquelicots, émus de vents frivoles,
Piquent la pourpre éclatante de leurs corolles,
Quelques gémissements longtemps traînés de bœufs.

Mais voici que Chloé rouvre les yeux et, douce,
Parmi le soleil dont l'or igné l'éclabousse,
S'accoude sur Daphnis léger qui rêve encor,

Le contemple un moment dans sa gloire d'éphèbe,
Toute nue, au milieu des fruits mûrs de la glèbe
Et l'éveille d'un long baiser sur ses cils d'or.

II

Le royal tambour fier comme aux parades
Dans son bel uniforme à galons blancs
Le cœur très tendre, assassine d'œillades
La Pomponnette en falbalas galants.

Elle dont la jupe est rose et la joue
Emue un peu, par feinte, n'a pas l'air
De voir le jeune homme qui fait la roue
Frisant sa moustache d'un geste fier.

Et va toujours vers un but équivoque
Les cils baissés dans l'herbe, n'osant pas
Se tourner vers l'amour qu'elle provoque
Tout embarrassée en ses falbalas.

Mais le soir qui vient se fait le complice
Du tambour dont la lèvre s'enhardit
A des compliments et l'œil en coulisse
De la belle n'y met pas discrédit.

« Pour qui cette rose à votre corsage
« Piquée à l'endroit, non pas sans desseins,
« Voluptueuse et fraiche, mais, je gage,
« Moins rose que la pointe de vos seins? »

Elle rougit d'abord puis s'apprivoise,
Prend un bras de bonne grâce tendu
Et tous les deux sans plus se chercher noise
Suivent galamment le sentier perdu

Jusqu'à de doux ombrages de tonnelles,
Vraiment charmantes, en cette saison
D'herbe rajeunie et de fleurs nouvelles,
Sous le ciel heureux de leur floraison.

III

Un air lustré sautille, éclabousse les branches,
Embrase les taillis d'un flamboiement de feu.
Et s'éparpille au ras des vives nappes blanches
Où le ciel se reflète implacablement bleu.

De partout la clarté roule par avalanches
Et les éphèbes grecs, tout haletants des jeux,
Près d'un ruisseau d'eau vive où dorment des pervenches
Vont humer la fraîcheur d'un silence ombrageux.

Ils mirent, dépouillés, dans le cristal de l'onde
La fraîche nudité de leur jeunesse blonde,
Folâtres, dans la foi naïve d'être seuls.

Tandis que Pan, gardien des grottes et des chênes,
Compare leur poitrine aux blancheurs des troènes
Et rit caché derrière un rideau de glaïeuls.

IV

Echappée à l'œil des gens,
Philis, la blonde aux yeux fous,
Par les sentiers obligeants
Trouve Hylas au rendez-vous.

Aux lèvres qu'elle a vermeilles
Le galant qui l'aime, vite,
Comme aux fleurs font les abeilles
Follement se précipite.

Puis pour un très doux babil
Sous le ciel tendre, un long temps,
Un bouquet d'arbres, subtil,
Prête son ombre aux amants.

Le berger fouille les grâces
Tant que ses mains doivent-elles
A la fin, se trouver lasses
Du saccage des dentelles.

Livrant ses roses, ses lis,
Belle, aux bras de son vainqueur
Comme une folle, Philis,
En riait de tout son cœur.

Enfin juste la fatigue
— Voyez combien opportune ! —
A point dénoua l'intrigue
Au jour levant de la lune.

V

Dans la campagne où l'Heure éclatante et vermeille
Projette l'ombre des hauts peupliers frileux,
Non loin des champs de blés doucement onduleux
Que la pourpre des coquelicots ensoleille,

Un Faune, où se suspend un gai décor de treille,
Rit dans sa barbe marmoréenne aux aveux
Que, nue, et dans l'or épars de ses longs cheveux,
La jeune Amaryllis lui confie à l'oreille.

Excepté qu'un peu d'eau fait un frissonnement
Sur la mousse, rien ne remue à ce moment ;
C'est Midi, sa langueur torpide avec ses fièvres.

Et la belle qui vient d'avouer son amour
Saisissant avec ses deux bras le Faune, autour
Du cou, tout en riant, se renverse à ses lèvres.

SONNETS GUERRIERS

A Paul Verlaine.

I

GARDE RÉPUBLICAIN

Nul n'a son galbe ni son aisance au quartier.
Sur sa tunique d'un bleu sombre où se marie
La pourpre à la blancheur de la buffleterie
Ses aiguillettes font sonner leur cuivre altier.

Le sabre à pommeau roux met des lueurs d'acier
Le long du pantalon qu'il a l'afféterie
De faire mieux qu'aucun maître en galanterie
Tomber, à plis déliquescents, sur le soulier.

Et c'est pourquoi par toute rue où son pas sonne
Il va plus orgueilleux, à bon droit, que personne,
Doux cœur volage à qui fait signe l'imprévu.

Le chapeau fier de sa cocarde sur l'oreille
En la désinvolture aimable et non pareille
D'un galant qui sait, quand il passe, qu'il est vu.

II

CHASSEUR

Le long d'un boulevard morne et détrempé, dont
Les gaz piquent de points de feu les brouillards denses,
Il marche avec le plus possible d'élégances
Vers la gare qu'on voit s'illuminer au fond.

Son ombre sur les murs s'agite en folles danses,
Des femmes alentour, vagues, viennent et vont
Admirant le semblant d'or du cuivre et les ganses.
Qu'il porte et la façon de plaire qu'elles ont.

Pour lui, ses jambes, qu'un trop long sabre embarrasse,
Tournent dans le fourreau des bottes, non sans grâce
Son torse se balance en des airs nonchalants

Alors qu'à son schako bleu pâle dont la chaine
Luit doucement sous l'or d'une clarté prochaine,
Les plumes de coq se frisent de souffles lents.

III

DRAGON

Très fier du bruit de ferraille qu'aux environs
Fait le sabre qu'il traîne en sa marche pesante,
Par ce soir de lueur indécise, il arpente
L'esplanade où le gaz luit sous les brouillards blonds.

La mine, aux fantassins qu'il rencontre, insolente
Il va, toujours son bruit de ferraille aux talons.
Mais d'une allure très incertaine, un peu lente,
Vague, dès qu'il se sent suivi de regards longs.

Lors, ses yeux que le casque estompe d'ombres molles
Ont des clignements malicieux aux paroles
Que lui murmure une ombre en jupes qui le suit.

Et comme il n'eut jamais de scrupules sévères,
Dans un estaminet louche où l'on boit la nuit,
Très aimable, il se laisse offrir des petits verres.

IV

ARTILLEUR

A l'adorable sans façon du pâtre, il joint
L'amusant d'un patois champenois. Sa moustache
Frisée au fer lui donne un fier air de bravache
Auquel la veste à brandebourgs ne messied point,

Très satisfait du plumet feu qui l'empanache,
C'est un de bon aloi qui traîne un embonpoint
Digne, pour n'être pas obèse, juste à point
Et la vertu la plus farouche que l'on sache.

Il erre toujours seul, morose et seul, ainsi
Qu'un poète que la rime tient en souci,
Son ventre à jeun, comme son cœur, cherchant fortune.

Vers le donjon qui met un obscur pâté sur
Le ciel plus clair, c'est l'hôte ithyphallique et sûr
Du grand bois vierge que bleuit le clair de lune.

V

GARDIEN DE LA PAIX

Les bottes dont le cuir reflète un jour changeant,
Et le képi — par la façon dont il s'incline —
Timbré de l'écusson de la Ville en argent,
Achèvent l'orgueilleux prestige de sa mine.

De tout cet attirail martial qui le rend
Si rogue, un détail seul malvenu le chagrine,
C'est de voir qu'à sa pèlerine, se dandine
Un numéro qu'il eût voulu moins apparent.

Somme toute, avec tout l'argent qui le plastronne,
L'uniforme avantage assez bien sa personne,
Grâce à lui, que de cœurs n'a-t-il pas subjugués !

Coqueluche et terreur d'infimes hétaïres,
Quand vient l'heure de sa tournée au long des quais
Son temps se passe à la cueillette des sourires.

LAMENTATIONS D'AGAR

A J. K. Hüysmans

Poètes au grand cœur, je m'en réfère à vous ;
Malgré tout le mépris que j'inspire et les blâmes
Qu'on me jette en passant comme autant de cailloux,
N'ai-je pas tout le dévouement des saintes femmes ?

Mes rideaux sont un mur qui me cloitre et jamais
Mes yeux n'ont le bonheur de voir errer les nues
Floconneuses parmi le ciel des tendres Mais
Sous les feuillages frissonnants des avenues,

La migraine me ceint de ronces, et les coups
Que je reçois au sein de l'amoureuse lice
Mieux qu'un rosaire me flagellent les genoux ;
La crainte du mal qui m'épie est mon cilice.

Et comme les religieuses d'hôpital,
Distribuant sous les rideaux, l'or des tisanes,
Câline, j'utilise à soulager le mal
Cet art par quoi je suis l'une des courtisanes.

Mieux qu'un breuvage et que la lune, aux cieux fleuris
Quand vient l'été, j'apaise instamment la torture,
Des longs désirs, meute altérée aux mille cris,
En m'y jetant résolument comme en pâture.

Je détiens le remède et l'oubli des douleurs
Sur ma gorge fardée et qu'assouplit une onde
Tiédie où l'on a fait infuser mille fleurs
D'un parfum si doux qu'il vous détache du monde.

Je sauve de l'amour fatal et soucieux
De celles dont les dents font d'atroces morsures
Et dont les yeux en fer de lance, dont les yeux
Ouvrent au cœur deux inguérissables blessures.

Et je me suis vouée à toute humilité,
Proclamant qui viendra, d'avance mon Idole,
Pour qu'il soit fait selon sa sainte volonté,
Et qu'il m'ait, chienne obéissante à sa parole.

Quelle torture épouvantable, ô doux Seigneur,
Que cet impérieux besoin qu'on a de plaire,
Que ces sourires, qui ne viennent pas du cœur
Et sous lesquels tous les dégoûts doivent se taire !

Mais ceux que je guéris n'ont pas le tendre émoi
Qu'il sied d'avoir pour tant d'obligeance épandue
Et leur œil, en partant, ne tourne pas vers moi
L'aveu de la reconnaissance qui m'est due.

Nul d'eux, lorsqu'on m'aura jetée en quelque coin
De terre, où poussera vite l'herbe oublieuse,
Sur ma tombe solitaire, n'aura le soin
D'apporter quelque fleur pauvre et silencieuse.

Que dis-je? mon rappel leur serait importun.
Ils en ont peur comme on a peur de quelque fièvre,
Ils ne voudront pas même odorer le parfum
De mon nom, revenant, violette, à leur lèvre.

Pourtant, poètes chers, je m'en réfère à vous ;
Malgré tous les mépris que j'inspire et les blâmes
Qu'on me jette en passant comme autant de cailloux,
N'ai-je pas tout le dévouement des saintes femmes?

CRÉPUSCULE

A Francis Poictevin

À travers l'or brun des feuillages, l'horizon
S'éclaire de lueurs pâles. La perspective
Des toits où va tomber la nuit définitive
Se voile d'une opalescente exhalaison.

Le fleuve large en sa dolente inclinaison
Sous mille ponts de pierre aux solides ogives
Roule avec le bruit de cailloux que ses flots ont
L'image de la Ville assise sur ses rives.

Un long frisson s'éveille en toute frondaison
Sur la berge, où la rouille a versé son poison.
Aux toits, un long filet de vapeur rousse tremble.

Et dans le ciel pesant, de cuivre, à ce qu'il semble,
Les oiseaux, c'est parmi les nuages de fer
Les feuilles mortes qu'éparpille un vent d'hiver.

APOTHÉOSE

A Jean Lorrain

Hors des potiches d'eau lunaire et diaphane,
Comme les seins voluptueux d'Agathe, hors
Les dentelles de son corsage épinglé d'ors,
La chair des roses triomphales se pavane.

Moi, je rêve dans leur pourpre qui ne se fane
Pendant que bellement s'y marie, en accords
Fantasques, comme un air de flûte avec des cors,
L'azur que meut par l'air tiède, mon fin havane.

Mais, déjà, dans la tête, un vin de Grave en feu
Et le soleil de la fenêtre, en plein ciel bleu,
Je sens me sourdre à l'âme une indicible gloire ;

Quand la fumée avec les roses et le jour
Splendide avec le vin, s'enviant mon amour
Mon cœur ne sait à qui dédier la victoire.

RÉVEIL

A Laurent Tailhade

Un rêve que suscite un espoir illusoire
Ainsi qu'un bel été dispense son azur,
Au cœur pauvre que doit élire le Futur
A donné tout ce qu'il pouvait donner de gloire.

On a tenu l'Armide nue aux seins d'ivoire,
Dont la lèvre est aussi saignante qu'un vin pur,
Alors que vous venaient des lointains, roulés sur
Les mers, les cris d'un peuple acclamant la Victoire.

Hélas ! voici l'instant farouche du réveil,
Les yeux s'ouvrant dans la nuit de notre soleil
Tout effarés de ne voir plus la douce Armide ;

Voici la vie, hélas ! revenue, et la main
Tendue encore à l'or fréquent d'un songe vain,
Qui se referme avec tristesse sur le vide.

APRÈS

De la secousse en tes deux bras de tout mon corps,
Dans le concert charmant d'essences si subtiles
Qu'elles sont comme autant d'ivresses volatiles
L'être voluptueux que je suis vibre encor !

Plein de langueur, plein de fraicheur, comme une brise
Je respire allégé du fardeau de la chair,
Le lien qui retenait mon âme enfin se brise
Et la voici comme un oiseau libre dans l'air.

C'est le bonheur d'un cœur qui reprend son empire,
La mousseline d'un brouillard qui se déchire
Sur l'or clair d'un matin délicieux d'été.

Doux amants, que l'Aimée emplit d'un lent délire,
Dites ? quel vers assez suave pourrait dire
Le bien qu'en s'en allant laisse la volupté !

A JOSÉPHA

Ton corps est au sortir du bain plus désirable
Tout blanc avec du sang tout rose à fleur de peau
Et tout son fin duvet qui fleurit comme un beau
Velours, dans l'éclat mat de l'ensemble adorable.

Tes seins, comme des fruits juste à point pour la table,
Attendent la main qui les dérobe et l'arceau
De ta hanche tiédie où s'éperle de l'eau
Appelle des dents la morsure inévitable.

Le bain est le plus sûr complice de l'amour :
C'est ainsi que voulant plus suave la blonde
Vénus, ils la faisaient, les Grecs, jaillir de l'onde.

Et le goût de la chair a plus de sucres pour
La bouche, comme après une averse, mouillées,
Les fleurs ont plus d'odeurs dans l'écrin des feuillées.

PAYSAGE

A Léon Vanier

C'est la cour d'un château qui n'est plus habité.
Le sol de marbre rose, où l'herbe pousse aux fentes,
Reçoit l'ombre des toits d'ardoise aux douces pentes,
Et réverbère l'or d'un magnifique été.

L'œil-de-bœuf, au-dessus du porche dévasté,
S'enguirlande d'un vain feuillage et sous leurs mantes
De lierre, les murs ont des allures dormantes
Où l'on dirait que mon ennui s'est reflété.

Le ciel indifférent éblouit de sa gloire
Cette cour d'un château dont nul ne sait l'histoire ;
Un arbre y laisse choir sa semence et ses fleurs.

Et le seul bruit, près d'un bassin que l'herbe encombre,
C'est parfois d'un essaim de pigeons roucouleurs,
Qu'on voit s'éparpiller à terre avec une ombre.

DANS LA NUIT

Il sort d'un rendez-vous d'amour, lui que fiance
L'éclat de ses aïeux, à tout terrestre honneur,
Ame fière, où tout siècle a laissé sa nuance
Préférée, où tout art se résume en sa fleur.

Et sa folle ombre est la seule qui se balance
A travers la pluie indécise, à la lueur
Blafarde de la rue, où, lourde en son ampleur,
La nuit froide est venue installer son silence.

Une heure tinte assez lointaine — Il va suivant
Le trottoir où plus rien d'aimable n'est vivant
Que la coulure d'or des gaz qui font des moires.

Et le souci des fiers aïeux qui le poursuit,
Fait qu'il s'arrête, étonné d'être, en cette nuit,
Le dernier dépositaire de tant de gloires !

OPULENCE

Quand la table nue a quitté son drap de givre
La rue en qui le soir instaure son décor
De fête, la rue ample aux lointains fleuris d'or
Parle de folle orgie aux repus fiers de vivre.

Or lui va, la tête en rumeur, et les sens ! — ivre
D'un sang dont il ne veut calmer la fièvre, encor
Qu'il sache tout couloir sombre une route à suivre
Vers une alcôve tiède où se garde un trésor.

Tel, il va dans la rue où s'enfle la fanfare
Du vice, alors qu'aux murs, fouetté de vent, s'effare
Le gaz, agitant des reflets qu'on voit courir.

Et pour garder l'orgueil des vins, des viandes rouges,
Avare, jusqu'en l'or incendié des bouges,
Il écarte la Chair triste qui vient s'offrir.

L'HOMME AUX POIDS

Il jongle, et la sueur perle par tout son corps
D'athlète, où l'énergie à la souplesse est jointe ;
Sa chevelure, d'où toute essence s'élointe,
S'anime sur son cou qui se gonfle d'efforts.

Des boules roulent dans ses bras musclés, alors
Qu'il les élève, et les deux seins dressent leur pointe
Sous le maillot, qui très étroitement s'accointe
Au torse, en faisant mieux saillir tous les dehors.

L'élan épanouit la tension robuste
Des cuisses, et ses reins, lorsqu'il remue, ont juste
La souplesse des reins flexibles des félins ;

Et tout entier aux poids qu'il jette vers la nue,
Il n'a pas le souci des regards féminins
Dévorant ce qu'il laisse entrevoir de peau nue.

SOIR MOROSE

D'ici, la ville, à part quelques toits d'opulence,
N'est plus qu'une poussière bleue à l'horizon,
Ce coin de cendres, c'est notre étroite prison.
Regarde, le soir y saigne avec abondance.

Ah ! cet espace qui devant toi s'ouvre immense,
Tout ce vide où ton cœur bat si large, où le son
Des cloches, psalmodie une lente oraison,
Ces parfums d'herbe en fleur, tout t'exalte en silence.

Ne regarde plus les dômes d'or, les contours
Si grêles sur le soir orange qu'ont ces tours,
Va ! nos fronts sont plus haut dans le ciel que ces choses.

Tourne à moi ton visage, ô douloureuse sœur,
Que j'y voie à travers tes yeux jusqu'à ton cœur,
L'or et le sang de plus fières apothéoses !

ANTINOÜS

La gloire fait toujours sonner ton nom vainqueur
Par le monde, fils sacré de l'Asie,
Et ton culte charmant est toujours en vigueur
Dégageant oh quelle âpre poésie !

Tu décoches toujours des flèches de langueur.
Toujours, sur ta lèvre, anschir d'aromates,
Entr'ouverte et pareille aux lotus écarlates,
Ton blanc sourire éclate et mord le cœur.

Ton sang bruni, fleur des chairs, source cramoisie,
Ruisselle aux festins des dieux, ambroisie,
Et sur les songes d'or perle en rubis de feu.

O toi qu'un César fit astre au ciel bleu,
Ayant à l'heure verte où Ptah lève ses voiles
Cru voir tes yeux s'ouvrir dans les étoiles !

RUPTURE

Rien qu'au geste qu'elle eut en me tendant la main,
Je vis de suite qu'elle s'était reconquise,
Et c'est avec la voix d'une qui se ravise,
Qu'elle me dit je ne sais plus quoi d'anodin.

Les souvenirs heureux me revinrent soudain,
Afin de faire plus poignante la surprise
De cet amour, dont se révélait la traitrise,
De cet amour qu'elle voulut sans lendemain.

Autour, l'été mettait ses gaités somnolentes
Sur les bois ; l'herbe était fleurie au long des sentes,
L'onde empruntait au ciel sa grâce et son reflet.

Chez moi, la jalousie installait son empire,
Mais du moins pour répondre à sa voix qui parlait,
L'orgueil sut m'inspirer un obligeant sourire.

———

LES BUVEURS

A Stéphane Mallarmé

C'est à l'auberge qu'ils ont passé leur dimanche
A se verser dans des chopes claires, des vins
Dont leurs yeux gais n'ont pas la transparence franche
Et dans le pur soleil d'émeraude qu'épanche
L'absinthe savoureuse aux longs sucres divins.

Avec les mouches qui, sur les rideaux de serge
Usée, et sur la vitre ensoleillée, ont l'air
D'un million de fleurettes que sur la berge
Un grand vent d'orage éparpillerait par l'air,
Ils ont voulu passer leur dimanche à l'auberge . . .

. . . .

Dehors, par la fenêtre ouverte, les verdures
Luisent le long de la route, entre les faîtures
De paille, où des pigeons de neige vont nicher,
Et sur la place, au ton criard de pierres dures,
Le soleil fait tomber une ombre du clocher.

Des murs fanés, où de la vigne en fleur s'alcôve,
Avec la bonne odeur des jasmins violets,
Sur le coin de ciel bleu qu'on voit, retombent les
Capucines ouvrant l'or de leur gueule fauve,
Et dont la tige s'est enroulée aux volets.

Et les buveurs s'accroupissant en poses veules,
Les doigts à leur moustache où du vin perle au long,
Sentent, les yeux emplis d'une âpre flambaison,
Comme grandit aux champs, le soir, l'ombre des meules,
Le vin épanouir en eux sa déraison.

Leurs gestes font, comme un grand vent, s'enfler leurs blouses
Neuves, sur leur poitrine aux rousses velaisons,
Telles, alors qu'y vient la rouille, les pelouses ;
Et les plus jeunes gars ont des fiertés jalouses
De leur sexe qui les destine aux garnisons.

Bientôt ils seront tout en rouge avec des casques
Miroitant les matins de fête et dont tout l'or
S'emplume ; ils traîneront bientôt le sabre aux basques,
Heureux des éperons de fer, heureux encor
Des yeux de femme les veillant comme un trésor.

Celles-ci pleureront des larmes, pauvres Anges
Anonnant à côté leurs vêpres longuement,
Qu'ils culbutèrent dans le foin âcre des granges
Pleines d'un relent capiteux de fleurs étranges,
Alors que génésique, en eux, gronde un ferment.

Celles-ci pleureront des larmes combien viles !
Quand un beau jour les deux mains en ombre à leur front
Sur la route qui va se perdre, elles verront
Boiter au loin leur pas alourdi vers les villes
D'où ne leur viendra plus que le chant des clairons.

. . . .

Dans ces faces qu'empourpre une ivresse bénigne
Un rire s'ouvre au long des bouches, sur les dents
Blanches, un rire doux, fleur tendre de la vigne
Où le vin lascif comme un bélier se signe
Lui, qui fait luire entre les cils, les yeux ardents.

Or tandis qu'au-dessus des têtes, la fumée
Meut des ciels vaporeux dans la salle animée,
Eux se disent, voyant à terre s'élargir
L'ombre étroite que font les oiseaux des ramées,
Que les vêpres qu'on chante à côté vont finir.

Et que lentes, par le clair été des charmilles,
Comme des ouailles vont s'éparpiller au son
Des cloches sonnant l'heure amoureuse les filles
Tournant leur prunelle innocente de façon
Niaise, sous leur front albe taché de son.

Et leurs doigts lourds alors agaceront la jupe
En attendant d'aller vers la nuit des charmants
Asiles, vers la mare aux herbes, où s'occupe
La lune à projeter l'ombre de toute dupe
Angélique, enlacée aux bras de son amant.

Et ce seront de longs ébats fous, mais pour l'heure
L'âme odorante et fuligineuse des vins,
Par quoi l'ennui du temps si morose se leurre,
Fait sur leur joue, hâlée aux champs, par les vents sains
Du large, s'allumer de sensuels carmins.

TABLE DES MATIÈRES

Tulle, imp. Mazeyrie.

TULLE, IMP. J. MAZEYRIE.

www.ingramcontent.com/pod-product-compliance
Ingram Content Group UK Ltd.
Pitfield, Milton Keynes, MK11 3LW, UK
UKHW012302240726
13966UKWH00004B/1584

9 782012 786066